Collection MONSIEUR

Mr. Men Little Miss

Monsieur
HEUREUX

Roger Hargreaves

hachette
JEUNESSE

A l'autre bout du monde, il existe un pays
où le soleil brille plus fort qu'ici et
où les arbres mesurent trente mètres de haut.

C'est le Pays du Sourire.

Au Pays du Sourire,
tu l'as sans doute deviné,
tout le monde est heureux à longueur de journée.

Partout on ne voit que des visages souriants.

Même les fleurs semblent sourire
au Pays du Sourire !

Au Pays du Sourire,
les animaux aussi sont heureux.

Si tu n'as jamais vu sourire une souris, ou un chat,
ou un chien, ou encore un ver de terre,
va vite au Pays du Sourire !

Voici l'histoire de quelqu'un qui habitait
au Pays du Sourire et qui, par un curieux hasard,
s'appelait monsieur Heureux.

Monsieur Heureux était tout rond et...heureux !

Il vivait dans une petite maison
au bord d'un lac,
au pied d'une montagne, tout près d'une forêt.

Un jour, alors qu'il se promenait dans la forêt,
monsieur Heureux découvrit quelque chose
de vraiment extraordinaire.

Là, sur le tronc d'un très grand arbre,
il y avait une porte.

Petite, étroite et jaune.
Mais une vraie porte assurément !

– Je me demande qui habite là,
pensa monsieur Heureux.

Et il tourna la poignée de cette petite porte
étroite et jaune.

Comme elle n'était pas fermée à clef,
monsieur Heureux n'eut pas de mal à l'ouvrir.

Derrière la petite porte étroite et jaune,
un petit escalier en colimaçon
s'enfonçait sous terre.

Monsieur Heureux se faufila
dans l'ouverture de la porte
et se mit à descendre l'escalier
qui tournait, tournait à n'en plus finir.

Monsieur Heureux marcha longtemps.
Enfin il arriva en bas de l'escalier.

Et là il découvrit, juste devant lui,
une autre petite porte étroite.

Mais celle-ci était rouge.

Monsieur Heureux frappa à la porte rouge.

– Qui est là ? demanda une voix triste.
Entrez, entrez !

Monsieur Heureux poussa doucement la porte.

Et que découvrit-il ?

Assis sur un tabouret, un monsieur
qui lui ressemblait trait pour trait.

A cette différence
qu'il n'avait pas du tout l'air heureux.

En vérité, il avait l'air extrêmement malheureux.

– Bonjour, dit monsieur Heureux.
Je m'appelle monsieur Heureux.

– Ah vraiment ? répondit en reniflant le monsieur
qui ressemblait à monsieur Heureux.
Eh bien moi, je m'appelle monsieur Malheureux
et je suis l'homme le plus malheureux du monde.

– Pourquoi cela ? demanda monsieur Heureux.

– Parce que c'est ainsi, répliqua monsieur Malheureux.

– Ça vous plairait d'être aussi heureux que moi ?
demanda monsieur Heureux.

– Oh ! je donnerais tout au monde pour être heureux.
Hélas ! je suis si malheureux
que je ne pourrai jamais être heureux,
répondit monsieur Malheureux, désespéré.

Monsieur Heureux prit aussitôt une décision.

– Suivez-moi, dit-il.

– Où donc ?

– Ne discutez pas et venez,
répliqua monsieur Heureux.

Et il sortit par la petite porte étroite et rouge.

Monsieur Malheureux hésita un moment,
puis se décida à suivre monsieur Heureux.

Ils montèrent l'escalier en colimaçon qui tournait,
tournait à n'en plus finir,
et se retrouvèrent dans la forêt.

– Suivez-moi, répéta monsieur Heureux.

Ensemble, ils allèrent chez monsieur Heureux.

Monsieur Malheureux resta assez longtemps
chez monsieur Heureux.

Durant son séjour,
il se passa quelque chose d'extraordinaire.

En vivant au Pays du Sourire,
monsieur Malheureux cessa
tout doucement d'être malheureux
et il commença à être heureux.

Les coins de sa bouche se redressèrent.

Tout doucement,
les coins de sa bouche remontèrent.

Et finalement, pour la première fois de sa vie,
monsieur Malheureux sourit.

Oui, il sourit !

Et il rit ! D'abord tout bas, puis un peu plus fort,
puis très très fort.
Enfin, il éclata d'un gros rire bruyant,
tonitruant, énorme, colossal !

Monsieur Heureux en fut si surpris
qu'il se mit à rire lui aussi.

Tous deux rirent à gorge déployée !

Tous deux pleurèrent de rire !

Monsieur Malheureux et monsieur Heureux riaient
encore quand ils sortirent de la maison.

Ils riaient de si bon cœur que tous les gens
qui les voyaient les imitaient.

Et même les oiseaux dans les arbres riaient à l'idée
que quelqu'un qui s'appelle monsieur Malheureux
ne puisse pas s'arrêter de rire !

Voilà, l'histoire est finie...

Une dernière chose encore :

Si tu te crois aussi malheureux
que monsieur Malheureux,
tu sais ce qu'il faut faire, n'est-ce pas ?

Relève les coins de ta bouche !